U0612779

樂 府

·

心里滿了，就从口中溢出

世界悬而未决，但也无关紧要

巴哑哑 著

南方传媒　广东人民出版社

·广州·

目 录

03

05

辑一

要恰好有一阵风

白云过窗

要恰好有窗
要恰好有云
要恰好有一阵风

还要有一个人
恰好抬起头
恰好此时他心里
空无一物

才能看见
这个
平常的奇迹

纸上的秋天

不会再有一个秋天

和这个秋天一模一样

月亮的毛色只是相似

天空的蓝丝绸是另外一匹

不会有同一个朋友远道而来

小提琴在月光中漂流

寻找着琴手

但已经是另一把

寻找着另一个

树

临近春日

树梢越来越温柔

欲言又止

欲言又止

但终究还是要说出

它们的奥秘

仿佛世界的羞涩

只剩下这一种

一年一年，
我爱的树木

在这座尘埃之城，朋友已走散
在各自的时间中，一叶小舟漂流
唯有我爱的树木，还在原处
每年夏日，绿荫即温柔

譬如白蜡树的绿穹顶下
山雀灰蓝的火焰一闪
如同另一世界，泄露的密语

写给柳树的诗

伟大的奥维德：

请把你的《变形记》再写一遍！
请把我写进你的诗篇
这并非为了不朽
而是我真心爱上了
路边那棵高高的垂柳
我想和它并排站在
十一月的冷风里
一起度过那繁叶凋落
如骤雨的时分

光（之一）

正午

日光是这样满

以至摇摇曳曳

高出了世界的边际

这样的

满满一世的光

最终要

流向何处呢？

而何处

又有着

什么样的黑暗

与虚空

才一日复一日

将你和我

看过的光明

全部吸纳

无影无踪

世界悬而未决，但也无关紧要

看 日 落

转瞬间，它收回了
细柳的金边
树木在黑暗中
尴尬地沉默
仿佛赤裸

水边的芦苇忍不住
啜泣，一次次弯下腰
摸着黑，在河面打捞
流散的碎银
但谁也无法
再将那流逝的光
重新穿在自己身上

在故乡的寒夜

一阵风摇动星空

星星们重新排列：

在天穹的西部

一个起伏的小段落

尾部叠句闪烁

一颗星镶嵌其中

如用旧的词汇

放出新的光芒

一句箴言，在正头顶

引领整个夜空的秩序

紧绷的光线彼此碰撞

构成它内部回响的音韵

而在最偏远的北方

那个孤零零的

几乎被遗忘的标题

如命运的入口

等待着走向它的人

记忆之风

——写给 L

我记得那个傍晚
你抱着一簇雏菊横过马路
一辆汽车的灯打亮了
你怀里密集的花丛
你紧紧环绕的手臂
被植物细碎的影子落满

这些年轻、暗藏弓箭的花蕾
我一直在寻找它们
我曾想，如实地描绘它们
将是我此生的职责

但每次我回忆这个场景
首先看到的总是你的头发
迎着风在身后扬起

来了，我说，这是记忆之风
正从时光的入口刮来
那些摇曳的花朵，已看不清

世界悬而未决，但也无关紧要

12

梦

梦见一只小鸟
翅膀上钉着九枚钉子
我为它一枚一枚拔出后
它展翅飞走了

早晨，它又回到我的窗台
鸣叫
多么好的早晨
连梦里的伤口都已愈合

相　遇

　　一整天都不能忘记
　　那只小刺猬
　　在马路中央，阳光照着它
　　内脏在肚子外，粉色的

　　（昨晚它在哪一片草丛，
　　晚饭吃了什么？）

　　没有警戒线、围观
　　没有亲人哭号着扑上去
　　算不得一起交通事故

　　我也是匆匆一瞥的路人
　　路过它的死
　　想起还是第一次见到刺猬

　　——世界，这是
　　多么残忍的相遇

世界悬而未决，但也无关紧要

摸 一 朵 云

不能亲手摸摸那朵胖云
真是遗憾，看上去
很柔软的样子

但也许它是假装的
很乖的小猫也会
忽然发威

它躲在一排柳树后
像是也在看我，果然
狡猾

好吧，我也假装没看见它
——不过，若走得太快
会显得好没情意

在 上 班 的 路 上
看 见 早 霜

我应该记下

我们一起度过的这些冬日

无论如何，它们都会

一去不返

车窗外的枯草地上

早霜的银白一掠而过

远山时隐时现

被污染的河漆黑如墨

那河水竟在寒风中

泛出美丽的粼粼细波

真是令人心碎！

知道吗？当我想到

生命不知来处，如同额外之吻

会觉得待在这拥挤的车厢

按时被它载着飞驰来去

也是一件奇妙之事

世界悬而未决，但也无关紧要

我想象自己是一颗

运行规律的小行星

而你是离我最近的另一颗

世界悬而未决

但也无关紧要

我 羞 于 谈 起
爱 情

我羞于谈起爱情

它是我心里最重的词

就像白矮星的碎片

小到几乎隐匿

可以视而不见

但当我的手不小心触到

却被它巨大的质量灼伤

但愿你永远不要

遇上这样可怕的事

你来看我

你来看我时
我正弯腰在麦地里
抬头见你从远处走来
笑着，牙齿闪亮

你说，好啊
我也说，好啊
但这好究竟是什么意思
却说不上来

我汗流浃背
只能请你坐在麦地边上
这太阳下的麦地多么好！

但你知道
这仅仅是一种比喻
它不过是我将要消失于其中的
道路的一种形式

谢谢你来看我

蜗牛墙

雨季之后，一堵灰色水泥墙

满布休眠的蜗牛

仍保持着向上行进的队形

像一座城的人定格于

人生中途

夏日的野花开过了

成千上万的草籽随风散入

土地黑暗的缝隙

酝酿着下一个宇宙

圈住荒地的围墙

像一座纪念碑

荒芜的另一重含义：

大地重获自由

失神的国度

如果我们有一条河
我们可以这样做：

沿着它的岸行走
轻吻芦苇甘甜的细茎
聆听来自河面的风
传递万物的密语
在陶罐和布匹上
描绘水波变化的纹路
晚饭的餐桌上
鱼汤鲜美

但如果你看到一条河乌黑腐臭
不要诅咒
它听不到
它已死去

信

在北京郊区的房子里

我梦见故乡的树木

矮小的荆棘丛

荒弃的未完成的果园

荒草淹没的道路

大风正翻山越岭

在黑暗中传着口信：

这片土地

正在失去爱她的人……

当我在游泳时

越出边界

比如手，离开岸

虚空，从脚底注入

那四分之一秒

你感到恐惧了吗

其实，那就是

自由了

在无边无际之中

比如，上下左右

只有蔚蓝

时间仿佛溶解

这时，你感到自由吗

不，好像被

囚禁了

时间的囚徒

割草机轰鸣

这是一个

永恒的夏日

的傍晚

永恒的青草

需要收割

并永远也

割不完

蓝布衫的割草工人

走在大厦的阴影里

躲过了时间

的箭矢

他永远不会老去

也不会

再返回乡下

与妻儿团聚

世界悬而未决，但也无关紧要

24

如果你听说过奥德修斯

也许能明白

我说的是怎么回事

母亲节

今天的光消失了

白天在地里栽种西红柿苗

现在她打起了呼噜

沉重的呼吸像从地下传来

要一次又一次扒开泥土

呼出来，再吸进去

为什么我从未觉察

她是这样活着，越来越深入

好像随时都会放弃

像一道光，无声地汇入光源

这里是她的屋顶和旧窗帘

她没有钱翻新它

扫帚扬起灰尘，落到桌子上

她就擦桌子，每天早晨擦一遍

她的抹布永远无法

彻底洗净

她不在乎这些小事

世界悬而未决，但也无关紧要

重大的是整个生活

她向我解释，我们有新毛巾

现在这一块还能再用

我从远处赶回，用她的清水洗脸

把穿过的旧衣服给她全部带回

却忘记买一件新的给她

一 堵 好 墙

我看见父亲

在黄昏里砌一道墙

光线愈来愈暗

他不紧不慢

用瓦刀反复敲打着砖块

直到把它们调整到

最合适的角度

是了，一堵墙

必须与地面垂直

才是一堵

好墙

写 给 母 亲 的

生 日

这几年，我和母亲间的感应

越来越弱

我不再能，深切地想念她

仿佛对她的老去

我已竭尽全力

书信已不能

火车已不能

电波已不能

把我完整地还给她

我流散在建造自己的路上

我想对她说：

"妈妈，我终于开始生活了"

但也是这生活

将我和她像麦种一样

埋进了不同的土地

我看不到她了

我想不起她了

我忘了她了

我……她……

这是农历十月二十九的傍晚

我感谢此时在乌村上空

飞舞的每一片雪之精灵

代替我，落在母亲的生日里

第 一 次
来 到 人 间

花香我，太阳照我

黑夜笼罩着我

水在远处流着，经过我

路让我走它，树让我看它

房子让我建造它

字让我写它

还不够

泪水让我哭它，笑让我笑它

回忆让我回忆它

还不够

爱让我爱它

和孤独，一起爱它

狄安娜

终于

我越来越温柔

我不知道这是怎么回事

也不知该如何抗拒

大自然赐给我的属性

还有许多

其他的属性

也暴露出来

就像铁发现自己

竟会锈迹斑斑

在红色的油漆被雨水冲刷

过后

我怎么办

我并不总是我自己

——可谁又是？

我时常怀念

月亮地里的那个女孩儿

紧握着弓箭

闪过山野的树丛

她还在吗？

南国少年

肩并着肩
在海滩上，走

一个穿蓝帽衫
一个没有

一个说话时
一个笑了

牙齿和浪花一样
白

他们去到海里
连海水也爱他们

世界悬而未决，但也无关紧要

辑二

想起灵魂这个词

人四处奔走

人四处奔走
树木从不旅行

不迎候，不等待
所立之处，遂成幽谷

密叶摇动，阳光飘落
我们短暂经过

如鸟儿的羽毛
在林间一闪

有鞋子的风景

一双洗过的旧鞋，晾晒

在农民屋旁的水泥地上

远处，蓝色山脊线起伏

主人此刻应在别处忙碌

鞋子在这里停驻，沉思

成为自己的主人——

我不再渴望更多的路程

我所在之处，即我之所在

阳光扑打，群山涌来

心里的歌

蝉声阵阵

倾泻如瀑布

冲刷着夏日早晨的

绿树、街道

猫静卧着

尾巴一上一下

打着拍子

好像心里

在哼着一首什么歌

我来过了

春夜，树叶开始生长了
微风让树枝嘎吱作响

树的上面是星星蓝
和它们永恒的凝望

宇宙有时是这样温柔
这样清澈见底

使我相信我来过了
就像我从未来过一样

不　会

不会有另一只猫
和你一样

我是说，
不会有另一只猫
再一次来到
我称之为"生活"
的这个地方

我是说，
我们不可能再
重来一遍

不行，
那缕光
穿过
便消失

领　会

有时我感到自己
对世界一无所知
不可能真正理解
任何一样
哪怕最微小的事物

湖上荡开涟漪
鸟鸣从树枝间滑落
如一个个谜语

我的困惑似乎总是
大于领会

世　界

它们出现时是果实
就是果实
出现时是大海
就是大海

并没有什么
本来所是

它们出现的时刻
就是你看见的时刻

从无限的时间之流中
你的眼睛切下"此刻"
这个片段

有没有比"此刻"
更薄的切片?
我不知道

当你从*存在*中
认*出此刻*

早晨的光汇聚

在一丛鸢尾花四周

夏日里它们开过了

现在，它们叶片翠绿

像刚从地下冒出

忍冬的小红果实

在绿叶间闪烁，更多的星星

诞生在更多的宇宙

鸟雀啁啾，忽而在东

忽而在西

一个清晰的意识

浮现在我的头脑中：

我将永远不能，再回到

这里——

一个再平常不过的

秋日早晨

一个女人穿过花园

她的眼睛和镜子一样

既满又空

而另一个声音反驳：

不，你已经一千次一万次

踏入此地

你甚至从未

离开

当你从你的存在中

认出了此刻

哲学家：
未经允许的
一幅肖像速写

人们一见到他，就抓住他
问各种问题：

你怎么看待正在进行的
这场战争？
何为良好生活？
怎样才能保持平静？世界
这么乱。
以及，如何选择
第一本哲学书？

他都能回答。
或者，如他所说：
我试着来回答一下。
人们相信他的答案
深思熟虑，值得
信赖。

他在镜头前侃侃而谈，
与在树荫下聊天

并无不同。

他为读者签名，合影

（拍照时挺直后背）

被簇拥在一堆人中间。

他喝红酒，也许还有白酒

抽烟之前询问

在场的女士。

一个开怀大笑的

老头，身上住着一个

漫游的青年

那时他二十九岁

给家人写信

认为自己已一把年纪

（怎么回事？现在似乎

更年轻？）

在最新出版的书里，

他向自己提问：

一只狐狸看到地上
兔子的脚印，它怎样做出
追捕的决定，根据推理
还是感觉？

追着这个问题
他像狐狸紧追着兔子
进入思想国
的密林。

世界悬而未决，但也无关紧要

咫尺之水

那些小鱼闪着银光，
在一块肮脏的破木板上。
那么多小鱼，那么多

眼睛和尾巴
凌乱地叠在一起。
苍蝇盘旋，
海的深蓝近在咫尺。

秋日的阳光
温柔地照拂着它们，
风把它们体内的水
再次还给了大海。

想起灵魂
这个词

在夜色和雨滴中，
忍冬细小隐秘的绿花蕊
呼吸着它的呼吸。

千万颗芬芳的粒子
浮动，飞行，汇聚成
馥郁透明的水域，

掀起行人身体深处
的窃窃私语：
是什么如此美妙？

使人想起灵魂
这个词。

约 等 于 永 恒

——致 *LZ*

又看见满月，

在冬夜的树枝后。

河水从车窗外滑过，

对岸灯火斑斓

铺在幽暗的水上。

人无法两次

踏入同一条河流，

也无法同时

走在它的两条岸上。

风景流逝

因你正在前行

或离去。

而月亮在天空巡游，

使一个夜晚

约等于永恒。

月亮这座
空房子

细想一想
这似乎并不合理：

地球上挤满人、动物和植物
海洋与陆地热闹非凡
而月亮却是空的

没有虫鸣、雪山
没有末班地铁
也没有战争或相爱这回事

一间明亮、寂静
闲置的空房间
年复一年
环形山上落满了灰尘

星星的时间

傍晚的大风过后
星星露了出来

就像汲干水的井底
露出多年前
不小心掉落其中的宝石

我重新看到了
它们!
所有流逝的时间在此时返回!

它们还在那里
闪着新鲜的
和当时一模一样的光

呵,多么令人安心
又绝望的
星星的时间

一 只 燕 子
携 着 它 的　　　　　　　当我在浴室
全 部 时 空　　　　　　　一只燕子忽然浮现
　　　　　　　　　　　　这里是北方，是冬天
　　　　　　　　　　　　窗外天空寂静

　　　　　　　　　　　　一只燕子携着它的全部时空
　　　　　　　　　　　　如一道闪电，掠过意识之海
　　　　　　　　　　　　暖风，雨滴，黄昏浮动的
　　　　　　　　　　　　花草香，屋檐下明亮的青石

　　　　　　　　　　　　多年不见了，燕子
　　　　　　　　　　　　我一刻也不曾疑惑
　　　　　　　　　　　　你来自何处，为何出现在此
　　　　　　　　　　　　我知道我们早已相识

　　　　　　　　　　　　请飞下去，燕子
　　　　　　　　　　　　门前的苹果花还没有落
　　　　　　　　　　　　密布偶然的命运地图
世界悬而未决，但也无关紧要　　还未打开，少年还是婴儿

54

请尽可能低地
掠过他的天空，燕子
让他记住你的身姿和叫声
成为今后不必追忆的记忆

请飞下去，燕子
我知道，你不远万里回来
只是为了把我再次变成
一片北方的田野

田野中站着、做着梦的树木
纷飞的雨滴穿过枝丫
也被你轻捷的翅膀掠过
谢谢你，燕子

光（之二）

光来了
地板亮起如舞台
微尘投下最小的影子

光来了
它不做任何事
毫不费力，事物逐一显现
微笑、皱纹、婴儿以及
未到来的日子

你需知道
连你的所爱
也是光的馈赠
你自己也是

在光里
所有事物都如
刚刚被创造、被洗净
自然而然，无须论证

世界悬而未决，但也无关紧要

56

光来了

快到有它的地方

去

蓝

此时，
柳树的叶子落光了。
枝条赤裸着
在大风中飞扬，
如一簇簇水草，荡漾
在天空的透明中。

湖水已准备好
进入冬天。
风吹起最后的水波，
光运行其上。
蓝在你的左侧闪烁，
更深的
蓝。

早　霜

这个早晨

车站旁枯黄的树篱上

就连最小的叶子也有了

一道崭新的银边

好像精心创造它的手

刚刚移开

那创造者还在不远处

打量着自己的杰作

并像我一样发出惊叹

——看啊,

光在光之中愈加闪亮

他们说生活又回来了

他们说

生活又回来了

因此他们走在街上

兴高采烈，像过节一样

但是他们也可以

停下来

略想一想：

之前生活去了哪里？

就在昨天

就在一小时前

或者一分钟前

生活在什么地方

它从什么地方

从谁的手中

回来了？

当 你 的 心

不 安 时

当你的心不安时
你对它说什么?

什么也不说
听它说

或者一起
在沉默中忍耐

太 多 的 话

今天说了太多的话

那些声波已消失

却似乎还在某处回响

令我感到不安

我是否夸大其词?

是否一些词过于锋利

无意中落在某人心上?

是否一出口

就变成了另一种意思?

太多的话，像一群鸟

飞向四面八方

世界悬而未决，但也无关紧要

散　　步

在林中散步

一只死喜鹊躺在空地上

走在我身后的小女孩

好像被透明的闪电击中

猛地朝后跳了一下

而后，她平静地

绕了过去

一小片死的阴云

被抛在身后

四月的绿树林

更绿了

告别，致叶子

死能做的

最好的一件事

是让爱变得紧迫

我必须告诉你

爱存在

这一事实

当我们匆忙穿过世界时

它被锻造了上千次

难免被遗忘和误解

现在，让这个词从你我口中

再次说出

如新鲜的岩石、花朵

被创造出来的第一天

世界悬而未决，但也无关紧要

爱是

不要忘了去爱

这件至关紧要之事

在活着的每一天

将　来

　　　　那天，我母亲说

　　　　她正在寻一块合适的地

　　　　好把她和我父亲

　　　　一起种下

櫻 桃 树

七十二棵樱桃树站在星夜下，

它们是我父亲亲手种植，

在山坡上，

在老旧的儿女已离开的院子里，

在房子后面能找到的所有空地上。

它们不做梦，

它们在四月专心劳作，

在自我建造的酸涩、甜蜜和无言中。

四　月

苦菜花在黄昏的光线中摇曳
黄刺玫落英缤纷
穿过叶子渐浓渐绿的林荫路
四月的道路不再漫长

先是迎面而来
而后片片退却
在车窗外，在后视镜中……

飞羽竹芋

它的叶片在黄昏时收起
毫无疑问，一种力正秘密作用于它
超出我的视力，却如此确切
牵引它张开，合上，再张开

绿面紫背，来自南美洲的热带雨林
因此令人疑心像土著人一样通晓巫术
而最大的巫术，是忠实于本源
并与之保持相同的节奏

也就是说，与太阳合上拍子
远，近；你离开，你回来
于是一种音乐诞生，回响于
恒星与细胞之间的全部空间

作为一种植物，它活着
但好像比我们更活一点

一些问题

将始终无法被回答

比如，一只猫

如何认识它自己？

它能"认识"吗？

有"自己"吗？

如果能，

是必要的吗？

如果不能，

是一种损失吗？

想去一个地方

想去一个地方

阳光是阳光，山是山，树是树

不缺少什么，也不会有多余之物

各样事物都在自己的位置上

自然而然地呈现自身

云漫游，石头沉着气

花开放却不炫耀

鸟从这棵树飞向那棵树

又飞向另一棵

辑三

我会擦拭盘子／如擦拭星辰

石头剪刀布

黄昏的厨房窗下
一群孩子大呼小叫
笑声和暮色一起
飘上来

我一心一意坐着听
直到天黑他们各自回去

这世界只有孩子的笑声
没有陌生孩子的笑声

奇　迹

今天早晨

我让女儿抬头，看

一朵羽毛般浮在

空中的云

这是一年中

最好的季节里

最好的一天

打楼下经过

我又看了一眼

那棵不知名的

小浆果树

它们圆圆的小果实

熟透前是褐色的

立秋后则在绿叶间散发

红宝石一样的光

世界悬而未决，但也无关紧要

我从未见过红宝石
我想它们就是
真正的红宝石

我还看见我的影子
在七点半的太阳光里
推着自行车
我跟它打了招呼

我知道这是宇宙里
最平淡无奇的一刻
但我心满意足

种 豌 豆

——给千树

要先准备好一颗太阳

恰好我们有

那就

把它挂到天上

还要准备一些水

这也不难

水龙头连着工厂

工厂连着河

河连着云

云连着全世界的海

最好再来点儿空气

城市里的新鲜空气

少得可怜

我们需要耐心

等一等风来

好了，接下来

世界悬而未决，但也无关紧要

你可以去做别的事

不用担心，

豌豆们总是渴望

离开自己的绿城堡

一个小孩在
做梦

小孩在熟睡的时候
光从窗帘缝溜进来

杏子在变黄的时候
小孩在做着她的梦

光从窗帘缝溜进来的时候
窗外黄黄的杏子正在成熟

在小孩醒来之前
杏子在她的梦外

在小孩醒来之后
杏子在她的梦里

世界悬而未决，但也无关紧要

小小的窝

——给千树，你
学校门口的树上
有一个小鸟窝

玉兰树叶子落光时
看见一只小小的窝
坐在灰色的树杈间
有点微微害羞的样子

玉兰树缀满花朵时
小小的窝又藏了起来
小鸟昨天晚上的梦
也又香又甜吧

雨打在密绿的叶子上
夏天到了呀
小鸟默默地听过了
所有的雨声

秋天的天空是空空的
又到了说再见的时候
小鸟收到了一封又一封
斑驳彩色的信

家　务

我会擦拭盘子

如擦拭星辰

令它们干净如新

照耀每一个夜晚

记　忆

晚饭后
我对着向北的窗
在水槽边洗碗
觉得有人
在看我

抬头，果然
一朵长长的云
停在窗口
鲸一样

我微笑
低头继续
洗碗，再抬头
它已不见

那是在春天
在大理
我们的头顶不是天空
是大海

穿过水

我光着脚穿过水
这是下雨天
我担心我的鞋子
却不怎么担心我的脚

实际上我的脚喜欢水
水让它们想起
在大海里
还是鳍的时候

大海是深不可测的
我为它们的愉快而愉快

所以很可能
我不是真的担心
我的鞋，而是
我的脚趁机溜了出来

因为是雨天
因为地上积满了
和大海一样的水

世界悬而未决，但也无关紧要

雨

下雨了

在房间里听着外面的潺潺雨声

好像是第一次在房间里听着外面

的潺潺雨声

撑着伞走在雨里

雨滴打在伞上噼啪作响

好像是第一次撑着伞走在雨里

听见雨滴打在伞上噼啪作响

天和地连成了一片，树叶滴着水

雨水溅湿鞋子和小腿

深深地呼吸，潮湿的气息涌入

好像是第一次深深地呼吸⋯⋯

秋　日

我采回这些淡紫的野花
插在窗前的瓶中
好让它们在山野枯萎时
继续开在我的纸上

这是什么样的奢望
和野心？
但也许只是一个游戏
就像小时候某个下午

埋头忙于在溪水中
用泥巴做一个堤坝
让流动的水停住，汇聚成
浅浅的水洼

在我离开后，它们必定
流去，而我并不在意

立　秋

明明没有少什么
却好像真的少了什么
从这里到那里

树和树，楼和楼
人和人的中间
忽然宽阔了很多

不要忘记说
再见

——给一只不幸的
小猫

早晨，细雨绵绵
死神在街上游荡
糟糕！三心二意的它撞上了
过马路的小猫

小猫倒在路中央
车轮从头顶滚滚而过
还有急匆匆
不知去往何处的脚

"对不起，对不起
我不是故意的，"
死神匆忙道歉，
"其实我要去另一个地方"

"可是来不及了，"
小猫说，"一定是因为
早晨出门，我忘了和妈妈
说再见"

世界悬而未决，但也无关紧要

停

红灯亮了
我的车停在一座
黄昏的桥上
河水自北向南
从桥下缓慢、安静地
流过

透过车窗
我看着近处的绿树
（它们刚刚走过夏日）
和远处的山脉
（多数时候
它们被雾霾遮蔽）
感到我的生活
从未像此刻如此清晰
如此真实

像晃动模糊的镜头
终于调准了焦距

看 日 落

——自沪返京途中

平原上夕阳缓缓下沉
河流飞驰，树木飞驰
一列火车追赶着落日
穿过大地

仿佛车厢里的人坐在
一支疾驰的箭上
就要摆脱此刻，而时间
即将开始倒流……

你看着窗外，忽然感到
从未有过的陌生——
如果这团明亮的火焰
从未燃烧
如果它从地平线滚落
不再升起
世界会是什么样子，而你
又身在何处？

世界悬而未决，但也无关紧要

90

无须怀疑的是

正被你注视的这团火焰

也被古往今来的所有目光

所注视

那自以为睥睨一切

已化为尘土的国王

那些如今还在街头

流落的乞儿

转眼间，落日西沉

晚霞熄灭后，青灰的长云

如群山涌起，沿着大地

绵延千里

每一日都同样短暂

都是永恒的一日

夸父，我们

白天总是
又满又空

白天什么也没有。

只有表格、打卡、未读消息，

一个任务连着另一个。

白天总是又满又空。

你在忙碌里昏睡，

高声说清晰的梦话，

鼓励自己向梦的更深处。

那里叫未来。

白天你不敢在太阳下走神，

因为害怕突然醒来，

因为阳光下的事物那么清晰地

显示着它们的神秘。

相反，夜晚是一座庇护所。

穿过漫长的白天，

你和你的心待在一起。

你发现你的心还在，

怦怦跳着，发出破碎又修复后
咔咔的摩擦声。
这让你彻夜醒着，看见
星星从窗户涌入。

我便将

整个宇宙

抛在脑后

有一些夜晚

我独自开车回家，

车灯带我

穿过一截一截的夜色。

在一些瞬间，我竟忘了

这是在回家途中，

而是感到自己

向黑暗的深处驶去。

树木和房子向后退却，

幽暗的河水无声滑过。

好像什么也无法阻止我

向宇宙深处坠落。

多孤独啊，如果一个人

就像一颗星星。

而当我回到家中，

我便将整个宇宙抛在脑后。

多好啊，一盏灯，一张旧沙发

凌乱的房间

也是拯救。

我 住 在 后 沙 峪

我住在后沙峪
因为一些树和云
我总是觉得这里更好

别的地方就没有树
没有云吗
但这里的树和云
让我感到亲切

飘过后沙峪上空的云
像可爱的客人到访
而每棵树都伸展手臂
像主人令人宽心

它们用真实擦掉我头脑里
远处的幻影，日复一日
好像这是它们的工作，帮助
一颗不安的心获得平静

十月二十八日

与某人书

我想告诉你一件
无关紧要之事

这几日，我住的小区后
那条马路上的白蜡树
叶子黄透了

如果慢慢打树下走过
金色的祝福会落在
头上，肩上

这祝福是对每一个人的
因此我也欣然领受
只是白蜡树很快就会

烧光自己。很快。
所以我要在那条路上
来回走，很久……

世界悬而未决，但也无关紧要

日常风景

车窗外划过高架桥栏的灰影
大楼玻璃在远处闪光

一节飞过天空的车厢
机械轰鸣，但是寂静

这就是未来，就是几百年后
周围尽是沉默的陌生人

我突然明白了，我的心再也不肯
越过此刻与未来的分界

我爱的事物都在过去

寒冷是清澈的

寒冷没什么不好。

寒冷是清澈的，

帮我们再次确认

温暖的事物

不管多远，都是近的。

一盏灯。手心的温度。

甚至一碗热汤

也因今夜的寒冷穿过记忆而来。

寒冷清除掉多余之物。

摩天大楼无用。广告牌无用。

河山无用。你只想抱紧

你已经拥有的。

被子，火炉，此刻的爱人，

或者只是自己。

你缩小你生活的疆域

到必不可少的范畴；

精简自己的野心，凝聚成

一团节省的火苗。

世界悬而未决，但也无关紧要

寒冷帮我们学会忍耐，

学会在凝滞中

相信变化的可能。

最重要的，寒冷测试我们的心肠

是否也结了冰，

待在房子里的人

不要忘了自己的幸运，

忘了总有人还走在风里

必须把寒冷

扛在肩上。

遇　见

冬日早晨，突然出现在车前方的
是一只黑白花的小猫
柏油路平坦，泛着白光
而它扑腾个不停，身体

击打地面，像要飞起来
却无法做到：
一枚看不见的钉子
钉在它毛茸茸的脚上

救救我吧，我很疼！
一次又一次
它腾空而起，像旗帜
在狂风里，抖动

死亡逼近，生命的光焰
却更加闪耀
可是，救救我吧
救救我！

世界悬而未决，但也无关紧要

可轧过它的轮子已
远去，后面的则小心地
绕着它开过
它的挣扎越来越弱

在后视镜中，最后一次
对路过的人类良心
发出微弱的责难
因为人类遗忘的速度，约等于

车子飞驰的速度
——只有世界知道
今天早晨
它永远失去了什么

读佩索阿

读你的诗让我微笑
不知不觉中。
我不知道是为什么，
也不去追究这个问题。

如你所说
这世界的形成并非为了理解，
唯一的纯真是不思考。

大约就像一朵花开放
在草茎末端，
我一行一行读你的诗
微笑浮现在我的脸上。

像一朵云在那里
停了一会儿。
我感觉到了它。

但我想你不会同意
这首诗里的比喻。

世界悬而未决，但也无关紧要

102

你会说：

花是花，云是云，

而微笑是微笑。

它们除了是它们自己，

不是别的什么。

这就是全部奥秘。

工 作

两个工人在黄昏里砌墙
这是疫情的第三年

他们戴着口罩，不紧不慢
就着春日傍晚最后的光
把一块砖调整到
最佳位置
一种新的事物在生长
垂直于地面

那白色砖缝构成的纹理
是美丽的
那被手触摸过的粗砺墙面
让人经过时还想摸一摸

世界悬而未决，但也无关紧要

角　色

她在清洗抽油烟机
我在读《奥州小道》

过去对她说辛苦了
实则心里很有一些歉疚

某天，若我也上门去洗油烟机
主顾在另一个房间读书

她对我说：辛苦了
我便回她：没什么，这是我的工作

今天她正是这样对我说的

一面正在到来
的镜子

今天，一面镜子
从远处向我而来。
在网页上，我点击购买
完成支付，69 元。

据称它工艺精湛，采用的原料
无可挑剔。它到来的速度
是这个消费时代的平均时速。

不过，它依然只是
一面镜子。因为它是镜子，
是容纳空间、物质与存在的
明亮虚空，目睹时间。

我在房间里为它预留了位置，
固定在客厅通往卧室的墙上，
使命是让我看见每天的自己。

实际上，它会把更多的事物
收入其中——背影，追逐的猫，
滚过地板的毛絮。

我无法想象它看见的全部，
就像我无法想象生活的全部。

它是一道崭新的门。
我将从中穿过，进入
并从那里回望，看见
今天的自己。

物 的 告 别

确信无疑：
那把消失的笛子就在
这座房子里。

此时，它完好无损，安然
藏身于某个角落。
书架缝隙、花盆后、落满灰尘
的昏暗床底，可能性
无限延伸。

再找到它意味着
一场前途未卜的冒险，
一次穿越星际的旅行。

就为了一把塑料笛子？
不用说，还有那些消失的
钥匙、证件、发圈、旧玩具……
找回任何一个
都能轻松耗费掉一生。

世界悬而未决，但也无关紧要

谢天谢地，没有人必须如此。
很快，新的闪光的物品
会补上旧物的空白，生活
继续。

直到某一日，
那些消失的物件
若无其事，从某处冒出，
如同刚刚穿越了虫洞……

地 铁 上

那有什么用？
一株插在臃肿背包里
开着轮状紫花的野薄荷。
背包搁在无数只脚
踩过的车厢地板上。

男人瘦小，脸黯淡，
黑夹克上有显眼的污渍。
他向前，朝他的包蜷着身，
好像它能给他带来
安慰。

他自何处来？
合理的猜测是城市郊区
某个刚刚竣工的
建筑工地，
很快每节车厢将贴满广告。
在冬天到来之前，
新楼开盘，而他
需要另找一份新工作。

但那有什么用？

一株开着紫花的野薄荷，

叶子翠绿，插在

他脏兮兮的背包里

穿过一座城市。

几乎无人知道它的名字。

一个雨天，

过五道口　　　"如果你不会看红绿灯

就回家让你母亲再教教你。"

在五道口，一个交通协管员

——也可以称她为小姑娘

这样教训我，因为我对那里的红灯

感到迷惑。

说完，她走到街的另一侧，去

指挥更多的汽车和行人正确地

过马路。用她手里的指挥棒。

我理解她的愤怒。

这不是一项愉快的工作，连着几小时

被噪声包围，而总有人，比如我

可能会闯过红灯。

也许还有很低的薪水，

和上级的责难。合租的房子又小

又破。几乎没有时间阅读。

我想她应该是个可爱的姑娘，也会
和声细语，当脱下那身浅蓝的工作服时。
她那么年轻，却囚禁了自己。

我原谅了她。
我们的相似远远大于不同。

有　时

有时我对世界的柔情

落在

一只小猫的爪子上

那么可爱

那么必不可少

世界悬而未决，但也无关紧要

温　柔

它的一种古怪睡姿

使你忽然陷入

一小片云的温柔

在日复一日中

信赖如珍珠生成

渐臻圆润

独立

此时我们

便温柔地同在

一坐到桌子前
它就跟过来,将脑袋伸到
我敲键盘或握笔的手下——

它不让我做我的事
而是要求马上得到
它想要的东西。

它已经不年轻了,但皮毛
密实光滑,包裹着
精巧的骨骼,温热的血流
神经电光石火,在体内穿梭
更深处,一颗心怦怦跳动
工作了八年之久。

现在它想要我的一只手
去做它需要的事:
抚摸它,轻轻地。

——为什么它渴望这样?

世界悬而未决,但也无关紧要

回答这个问题，像回答
我们自身的问题一样难。
（几乎是这个宇宙最深的
奥秘：我们想要，但我们
不理解。）

好在并不总是需要回答
只需像它期待的那样
把手交给它

此时我们便温柔地同在。

你必须亲自品尝胡萝卜

你从哪里来？
我问砧板上
一只洗净的胡萝卜。
在一个寻常的傍晚
准备一道寻常的晚餐时。

——我从宇宙中来。
它的回答出人意料。

那么，让我看看
你穿过星群时
抓住了什么。
说着，我把它切成
两半。橙色中
还是橙色，并没有星星
的碎片迸落。

——因为那时我还是
漂浮的粒子，
成为种子需要几亿年。

要再过几亿年，
春天的雨才能落在
我身上。
当然，通常我们
只拥有春天一次。

那你如何
"成为你自己"？
我接着问。

——我呼吸，同时
在空气和泥土中。
我和虫子和石头做朋友。
虫子吃我的叶子，我吃
石头。我们交换彼此。

那么，甜
是怎么回事？

——甜是一个

瞬间，粒子与粒子

相撞，灵魂存在。

好吧。我把胡萝卜

切成小块，

放到晚餐的盘中。

谢谢你远道而来。

大雪之后，
香椿树

大雪之后，香椿树
的果实在大风中
落在地上

在原子亿万次的
聚合中，这一次它们
以精巧如花枝的
形式呈现

而后，是漫长的
离散

所以，现在我们
要倾听，要靠近

我看见云

无常且美，有时可怖

像严峻的事正在到来

可亲是一种想象

尤其是独自走路时

但也无妨

喜欢一朵云

让我们感觉轻盈

永不知倦的建造师

总是推倒重来

这一秒否定上一秒

面孔常新

却让人怀想过去

无心，因此也无所谓

散去的空空的哀愁

从儿时的树梢到现在

路过的城市天桥，我看见你

（但这样称呼是否恰当？）

在六月的光照下

如雪山耀目。匆匆一瞥

不敢多看。隐约担心

什么会忽然崩塌

有时，世界
清晰如此

星期六早晨
为了一种非必要的
必要性，我走出家门

从一条街拐上另一条街
一棵树走向另一棵树
没有要见的人，要去的地方

任由自己只是穿过空间
此时，它正重新打开
被深秋的阳光注满，波光粼粼

其中的每一样事物，无论是
一幢高楼，还是一颗石子
都清晰地呈现着自身

我看见白蜡树变黄的树叶
纷纷飘落，柳树树叶碧绿
还云集在树冠

世界悬而未决，但也无关紧要

124

地上银杏新鲜的落果

被行人的脚踩烂，栾树漆黑的小球种

撒落在人行道的缝隙中

我穿过这些事物，也让它们同时

穿过我，世界清晰、敞开

如一面镜子，我透明

如一阵风

正在到来，正在离去

妙　哉

路过一片
竹子
忽然风起
一阵沙沙轻响

沙沙、沙沙
妙哉、妙哉

重 要 的 事

一个男人在河岸上
走走，停停

停下来，细细察看脚边的河水
继续向前时，放慢脚步
似乎在犹豫错过了什么

或是，他想要找回某种
曾经遗失的重要之物

这是严冬的正午时分
树木的线条在空中静止，阳光苍白
充满河岸，并化身为

河面无穷的闪烁和跳跃
水草墨绿，顺从于水流的脉脉
放心，它们不会从美梦中醒来

他走到河岸尽头，折返

沿着刚才走过的路，再次察看
一番，芦苇的残茎，未消融的雪

掠过耳边的风如此细小
在万物凝滞的时分，一条河的流动
无疑是一种诱惑

我理解了。他想要坐下来
把鱼线抛向闪烁的河水
但他并不急于完成

这是一件重要的事
当你决定把鱼线抛向河面
你必须，先选好你的岸

一个地点，也是一个起点
一个入口，把连绵的时间分开
正如鱼钩一闪，进入河水

一些鱼的命运会改变

而你也将自己抛入了寂静之海

在此度过三个、四个小时，甚至更多

当你起身，你也许已经是一株

芦苇，你看到的今天的落日

也是一百年后的落日

辑四

行人更在青山外

满　月

是昨天晚上
盈盈的圆月升上半空

一个吐着光明
却并不燃烧的球体
一块沉重
而浮在空中的巨石

那些说它的光是借来的人
一定弄错了什么
因为它并不冷漠
甚至，我们相信它是慈悯的

让一颗心终于像荷叶舒展
在幽暗的湖水的粼光中
此时槐花流溢的馨香
仿佛也是它的

什么能使你增加

而什么能使你减少？

只有时间

从今夜起开始

减损、减损，

直至完全消失

又一次新生

此刻它一动不动，伫立
于一片水光之中。
长长的颈向前探出，
眼睛紧盯
一丛金色植物的根部。

那里有什么？一条小鱼
还是奇特的涟漪？
这是早晨。
一只小蓝鹭全心全意。

清透的光披落
在它背上，蓝羽毛洁净，
晕染着依稀的白。
如被刚刚创造。

水里是它的倒影，晃动，
像目睹了一切的
旁观者。

醉 鱼 草

是一丛看上去有点羞涩的灌木。

在一处向阳的山坡上，

花穗细长，紫色的深浅

随午后光线而变化。

据说会让溪水里的鱼

醉得东倒西歪。

对鱼来说，这自然太过危险，

哪怕它们因此获得某种灵感。

但这儿并没有鱼，甚至

也没有溪水。

在一整天阳光的倾照下，

它们的枝条向虚空又伸长了一寸。

这是不是意味着，有更多的醉

完好地保存于自身中？

为什么不是它先醉了

然后梦到成群的鱼飞过山坡？

或许正是这样。它一直

处于存在的眩晕中。

但这不妨碍，它站在那里，

叶片对生，一一打开它的花。

水 杉

一早醒来就想到它们。
曾从中穿过的水杉林
还在那道山谷站立。

光先落在哪片树梢？
哪一棵树投下的阴影
恰好挡住了哪一棵？
谁听了风这时穿过羽叶
的飒飒声响？

除此之外，还有
更多疑问。

比如，它们凭借何种力量
升入空中，笔直得令人吃惊？
最初怎样选择了扎根的地方，
听凭偶然之风，还是有
某种决心？

它们如何观察？

世界悬而未决，但也无关紧要

看见游人从下方走过，
会不会认为他们和头顶
的流云并无区别，
除了穿着彩色的衣裳？

如果它们能思考，
是否也会考虑一场旅行，
就像在此暂时歇脚的人
第二天便告别，走向
不同的山谷？

一早醒来就想到
曾从中穿过的水杉林。
想到那时正是黄昏，
林中幽暗如海底。
人步入其中，如步入
一个梦。

而现在是黎明。

隐身于万物。
某个早晨，脱颖而出，
从山路旁的草茎间，

一颗绽放的粉色小星，
不发出任何声响，
却仿佛在笑，
在说着某种语言。

也许是，我看见了你。
也许是你，恰好跳入
我的眼睛。

宇宙间旅行了
1.5 亿公里的光子，
因此走过了
从你到我的距离。

世界悬而未决，但也无关紧要

某 日 山 行

怎样才能走完这些上升的步阶
什么样的尽头在尽头处等待
烈日下，整座山野嗡嗡哼鸣

那是蜜蜂在绿的大海里劳作
野枣树的蜜香指引它们
没有休息日，无须薪水
想获得的，此时便已获得

怎样才能走完这些下降的步阶
什么样的开始使你情愿开始
雨后的草木，闪着崭新的光

落日在山的背脊缓缓下沉
晚风说出你无法说出的一切
用清凉，用阵阵松涛
能失去的，很早便已失去

决定明天去
散 步

黎明即起。

在稀薄晃动的光线中，

一直走到湖边。

湖已结冰，芦苇收割完毕。

枯残的荷叶与莲蓬冻结

在靠近石岸的冰中，

标记着某晚

它们不再随波逐流的时刻。

鸟鸣从头顶掠过，

如银针在意识中一闪。

湖上残雪。雪上凌乱的痕迹。

一只狗在上面跑着，哈着白气。

隔着湖面，隔着一大片的空，

对岸的柳树望向这一边。

世界悬而未决，但也无关紧要

142

午　后

穿过几个红绿灯

便到了寂静的荒路上

一条因为不通往任何地方

而停在原地的路

自天空深处

白杨树抛下它们的信笺

有些看起来依旧翠绿

但是毕竟

秋天已经太深了

谁也无法再等下去

野菊花在阳光里

举着它们枯萎的花枝

让来晚的人感到

只能是自己的错

去 湖 边

天气好的时候我去湖边
下雨或阴天也去。
但总是在黎明时分。
我喜欢半睡半醒的树木
站在颤动的光线中。

穿过逐渐稀薄退却的梦境，
我来到湖边，那里薄雾
笼罩。岸边茂密的芦苇丛里
传来一连串鸟雀急切的叫声。
它们刚刚醒来。

然后，是太阳升起，
湖水闪闪发亮。就像
每个白天人们看到的那样
普通。

但我确认这是新的一天。

决 裂

　　　　　　那些匆匆去向未来的人
　　　　　　就让他们去吧

　　　　　　我要像湖水一样
　　　　　　留在原地，轻吻着

　　　　　　此刻的岸边
　　　　　　度过缓慢而平静的时间

宁　愿

如果不爱什么
你会更自由一点

但还是宁愿
爱着什么吧

神　秘

> 一棵树在田野里
>
> 孤独地站着
>
> 好像它原本就该
>
> 作为一棵树
>
> 而不是别的什么
>
> 出现在世界上
>
> 我们的视野中
>
>
> 鸟雀来了，落在树梢
>
> 唱着春天的歌
>
> 树干上蚂蚁上上下下
>
> 树叶有时挂着雨滴
>
> 有时片片飘落
>
>
> 这一切都极其自然
>
> 不必去问为什么
>
> 因为答案对世人无用
>
> 因为答案过于神秘

移舟泊烟渚

我只能在纸上小心地

移动我的小船

让它停靠在句子结尾

那被笼罩在蓝色雾霭中的沙洲

隔着空白之水

可以望见对面另一个句子:

旷野，低矮的树木

此时落日西沉

流光在水上蜿蜒游动

这是什么地方，

什么时辰?

我为何一人在此?

有时极为简单的事也令人迷惑

愁绪万千

我看见更多的光

正被大地吸入腹中

黑暗被吐出来

缓缓上升……

世界悬而未决，但也无关紧要

令人惊讶的是

月亮来了

沿着江水寻觅

走走停停

到了小船的舷边

* 孟浩然《宿建德江》：移舟泊烟渚，日
暮客愁新。野旷天低树，江清月近人。

149

花　儿

我想说，花儿教会了我

在此时此刻生活。

可花儿什么也没说，

它只是开放和枯萎。

它开放的时候

一心一意吐着芬芳。

当它枯萎，

它就枯萎。

垂下脸庞或者

一瓣瓣凋零。

即使很慢，很轻，

也让人感到无可挽回。

* 王维《辛夷坞》：木末芙蓉花，山中发
红萼。涧户寂无人，纷纷开且落。

春山多胜事

想起那天傍晚我和你

在一座小山上流连

因为是春天了

槐树的花盛放

而恰好又是满月

绝没有其他理由

只是随意说着

想到了便说出来的话

山下湖水幽暗

月亮在树后

越升越高

回去的时候到了

该回去了

我们都知道

我们不可能再走进

同一个夜晚

＊唐代于良史有诗：春山多胜事，赏玩夜忘归。

行人更在
青山外

天阴着，树梢上
灰云流动，
蓝色的山在远处
起伏。
我在出租车里
望着它们，
为它们在这个多雨之季
如此清晰，几乎近在
眼前而惊讶。
行人更在青山外。
原来，青即是蓝，
一种向远处不断退却
而愈加靠近
的颜色。
正如一个走远的人
最终走进了心的深处。

一路沉默的司机师傅

忽然开口：

今天的山很漂亮。

我完全同意。

*欧阳修原词为"行人更在春山
外"，错记成"青山"，将错就
错了。

153

致画者

请为我画一座深山
请把我也画进去

在一条没入云中
的小径上，一个人
走着，看山里的飞鸟
在黄昏时归来
背上驮着
正在燃烧的
今天的光

我要在小径上走着
一直走到云中
欣赏这些飞鸟
欣赏这有飞鸟盘旋的黄昏
每一天都如此

我知道另一个人

被困在画的外面

在凝视着我

155

短　歌

之一

雨后，黄昏
光线越来越暗了
蝉在树上不停唱着：

多寂寞啊秋天
多寂寞啊

之二

树梢卧着白云
那树还像夏天一样
碧绿

忽然觉得
我已经所得甚多了

世界悬而未决，但也无关紧要

之三

黄昏的光线穿过芒草

它们都变成了金色

好像天空的大门为谁

打开了

准备好了吗?

在此时进入秋天

之四

梦里风吹翻了湖水

你看她

多像远行归来

风

傍晚出门，风送来

黄昏的远山

和一个月亮还小

的夜晚

树落光了叶子

在大风里摇晃

而星星一动不动

不管你身在何处

都收下它们吧

这大海一般降临

在头顶的无穷的蓝

和新生的闪耀的光

走　神

我真愿意是
一阵风
每一根树枝
每一只小鸟
我都爱

树枝和树枝
小鸟和小鸟
这并不矛盾

我真愿意是
一阵风
最好是绿色的
最好是透明的

去湖边，

再一次

总是在

四公里之外

黎明，黄昏

无论何时

你都可以走向它

抵达

潮湿，腥味弥漫

的岸边

芦苇与鸟鸣与荷花

并非不重要

但更重要的是

空

是雨点落在湖上

激起水泡

破裂

啵啵轻响

细的水纹

漾开

精确之圆

一个接一个

消失，浮现

再消失……

笑

你坐在那里，笑
对面的人是我。
只有我。
两人这样近，以致
我感到迷惑：

这几不可能之事
是如何发生的？

（小船在血的激流中
扬帆疾驰，
水手们因捕到风
或被风捕获
而晕头转向。）

很快，几乎是
转眼之间，
你又回到你的
星座中。

世界悬而未决，但也无关紧要

162

那个笑也因远去
而蒙上淡且模糊的
光晕。

而我开始迷惑，如果
没有记忆，是否意味着
不管它曾如何迷人
甚至唤起过风暴
都将就此落入
不存在的暗海？

（那些小船、风帆与水手
如今已不知去向。）

想到这样的事
将永不再有
如同它发生时那样
不可思议
我的心，第三次
陷入迷惑

上山 下山

在远远的
山顶坐着
听脚下远远的
街市的声响

真是难以定夺呀
那里的喧闹
和这里的寂静
一样的可爱

很久很久之后
终于觉得
下山也是个
不错的主意

只是忘了
上山前自己是谁
到山下，究竟要

做个什么样的人

走在人群里呢

也许下山了

便知道了吧

实　验

晚饭前，在湖边走着
硕大的落日正在下沉
阳光像千万支金箭
破空而来

你好，1.5 亿公里外的使者
你带来什么消息？
这是真的吗？
我们最大的依靠
不是这里的一切，而是你？

闭上眼，试着
把湖边的这颗太阳抹掉
立刻，湖不见了
湖边的柳树、行人不见了
头顶正经过的飞机不见了
世界像一道影子，一闪而过

世界悬而未决，但也无关紧要

还是不要开这样

可怕的玩笑

快回家吃晚饭吧

山中

我见过一颗橡子

在山野间的一条小路上

那时我正弯腰

打算把它捡起来

却发现一条根

把它和泥土连在了

一起

那一定是去年秋天的事

它从一株树上

滚落

到了路的中央

于是便决定

就地扎根

来不及了

它好像在说，不要

再犹疑，不要

像影子一样

从世间滑过

雾中树

三年之后，去山里看树
橡树，松树，山楂树，黄栌木
细雨霏霏，云深不知处

林间小路，仙人刚刚走过
雨滴在松针，在黄栌
的圆叶上闪着光
正是雨滴的好模样

远处一片山林呼啸，回应
头顶的这一阵松风

雨点摇落，扑簌簌
打在身上

如果春天
再一次来临

如果今天
河流开始闪光
白杨树的枝条
在高处，在风里
晃动

从灰中
绿忽然涌出
空空的林间空地
充满芬芳的粒子
二月兰的紫影

如果古老的
星座时钟般精准
再次经过头顶
风降落，将你
用涟漪包围

记忆因此涌来

带你回到

某个遥远之地

如子宫，如种子

黑暗的深处

你将报以什么

你将报以什么

如果春天

再一次来临

有四棵树

我想告诉你

立水桥地铁站外

有一座过街天桥

如果顺着台阶

走上去，横跨

车流滚滚的马路

再从另一端长长的

步道走下来

你就会看见

站在街心花园的

四棵树

上个星期

它们长出了嫩黄的叶子

这个周一，叶子

茂密了许多

而今天早晨

它们的枝叶已在阳光中

飞舞

我想告诉你

这就是春天

这就是

春天的尽头

没有人能真正拥有什么

除了看

除了爱

自 然 课

去年的翅果

悬挂在树梢

流苏般闪烁，沙沙

脆响

没错，现在是

春天了

春天的风

要卷走这些种子

把它们播撒到

远处

和更远处

接下来是

新的树叶、花

新的翅果

我也走在

春天的大风里

世界悬而未决，但也无关紧要

夏　　日

走廊的尽头是红色的萱草花。

红色的萱草花在长长的

走廊尽头。

光涌进来。仿佛外面

已成一片光芒之海。

我看见某种东西在那里燃烧。

是红色的萱草花

在那里燃烧。

是太阳点燃了她。

几乎可以

称之为……　　　　　　记忆，词语，季节与特定

心境的混合。

有一点不同，但不能

完全确信，

没办法描述，说出，

却很难抛在脑后。

不，假装无用。

它如影随形。

空白，因而更多，

沉默，意味深长。

如果愿意，几乎可以称之为

走神或别的什么，但也不必

事事命名。

比如：去年的松果

在雨中落地，

触摸一块石头

粗砺的感觉

长久地

留在手上。

布 谷 在 六 月

总是只听到它的声音
在白杨树枝丫的最高处
回响。空幽如一座深谷。

循声望去——
密绿的叶间阳光闪烁，
群星游动。

最多，一个黑色的身影
正在飞离。几个音符
抛落于身后，涟漪在空中
散开。

比钟声还要古老的钟声
回荡
在树木建造的绿教堂中，
在一年中恒星的白色火焰

最明亮，最靠近我们时。

我常想

你从人群中走过来时

就像从松树的林间

走出来

你不是你

你是一缕风

抚过了松针和溪水

圆满的月亮

让我想起你

细弯的新月

也让我想起你

我知道那些转眼就消失的事

我知道你有另一个名字

自 我 提 醒

若想得太多
头脑便会塌陷，生成
迅疾下旋的空洞
与宇宙某处的黑洞相连

这时要把手放到粗砺的树皮
或猫咪顺滑的背上
向它们求助，求它们
带你回到"这里"

这时要出去走路
去两只脚带你去的地方
用它们的意志和活力
驱散头脑中的空响

这时要热爱雨滴
脑海中的雨，一千次
也无法把你淋湿
现在风把它送到你额头

有一次，我父亲说起豹子的事。

那时是夏天，我们在山上走，
路边是松树，野桃树，黄栌木。
我从城市回到这里，和父亲在山间
徒步。草木茂盛，整座山在鸣唱。
父亲说，从前这山里豹子
出没，有一只落在人设的
陷阱里，被关进铁笼，准备运到山下。
消息传来，村里的少年纷纷跑去
等在豹子要经过的路口，想亲眼
一见猛兽的真容。
我父亲也是其中之一。
但一直到天黑，他们什么
也没有等到。
豹子最后回了山中，还是去了
某个遥远城市的动物园？
几十年后，这个问题
还在我父亲心里。

世界悬而未决，但也无关紧要

我记得山林忽然神秘起来，
从密林的深暗处一些视线
朝我们一瞥。也许那只豹子
也在其中。

我和古老的

事物　　　　　比如说，星星

生活在一起　　我从不会忘记它们的存在

　　　　　　　黑暗使它们更加闪耀

　　　　　　　即使与之相比，我拥有的时间

　　　　　　　短如一瞬，内心的光若有若无

　　　　　　　比如说，石头

　　　　　　　它们粗糙的面容带着冷漠的尊严

　　　　　　　大于一切人世的荣耀

　　　　　　　有时它落满雨滴，

　　　　　　　有时一只小鸟站在上面

　　　　　　　整理它灰蓝或洁白的羽毛

　　　　　　　比如说，秋天的柳树

　　　　　　　和天空一样古老，新鲜

　　　　　　　清晨和黄昏，风梳理那些正落叶

　　　　　　　的枝条

　　　　　　　它们顺从，如水草顺从水流

　　　　　　　如果是落叶的时辰，

　　　　　　　就让叶子慢慢飘落

世界悬而未决，但也无关紧要

182

比如说，湖水和岸

波动，汇聚，变化以及不变

这是世界最古老的游戏

而认识自己，就是从纷繁的事务中

离开，用双脚走向

一面湖水的映照

晚　霞

　　　傍晚走出门外，看见

　　　晚霞燃烧

　　　在变暗的树丛后

　　　只剩下

　　　最后一角

　　　也就是说，

　　　刚刚我在房间里

　　　炒菜，读书，逗猫，打电话

　　　为每一件重要的小事操心的时候

　　　晚霞在天边

　　　燃烧

　　　也就是说，

　　　晚霞总是在

　　　燃烧，不管我们是否

　　　看见了它

世界悬而未决，但也无关紧要

我们去河边
走了走

天气很好，阳光
是一个邀请
我们去河边走了走

像林间的两只灰雀
我们交谈，想起什么
就说什么

落日，远山，冰冻的河面
有些事物凋落如树叶
有些事物来临如微风

只有月亮是
月亮

红灯亮起。

从挡风玻璃外

一片璀璨的灯火中，

我认出了它。

一颗月亮，

朴素而哑默。

离圆满

还差一点点。

我知道

明天，或

明天的明天，

无论有人

还是无人看见

它都将成为满月，

从城市的上空经过，

洒落它的清辉。

这自童年起

世界悬而未决，但也无关紧要

就熟悉的

不会落空的猜想，

从一闪而逝的风景

中跳出，

让我一个人在路上

会心一笑。

当我认出了它

路灯便只是路灯。

在 一 天 开 始
之 前

早晨我来到公园
在做一整天的囚徒之前
让自己先当一会儿国王
看看我的世界

秋天了，我的草长得何其茂盛
高处的树叶、低处的草茎上
都闪烁着露珠，我知道它们
价值连城

海棠树的细枝弯向草地
因为结了太多可爱的小果实
我想起春天，看过的繁花
还近在眼前

如果像樱花一样散于无形
谁又会责怪它们呢
现在它们站在这里，对我说：
只是开花还远远不够

而我的石头们
还躺在它们所在的各处
草丛里，树根下，被砌好的
石墙上，脚下的路基中

它们沉默，这再好不过了
这样就不会有人逼它们开口
拷打它们，让它们说出
我们还不配知道的奥秘

醒来，

就是……　　　　　　　远远地，在梦的边境线

　　　　　　　　　　　　鸟雀开始鸣唱，黎明

　　　　　　　　　　　　一座疾速生长的岛屿

　　　　　　　　　　　　从黑暗之海冲向天空

　　　　　　　　　　　　醒来，就是走向鸟鸣

　　　　　　　　　　　　就是你的小舟再一次停靠

　　　　　　　　　　　　在山巅，风吹拂

　　　　　　　　　　　　脚下是群山

世界悬而未决，但也无关紧要

引　力

像是为了摆脱某种引力
从他身边走开时我走得很快
没有回头

但并没有什么拉住我
我走开了，太过轻松
像落进宇宙井底的星星

在我们之间的空间中
重新充满了人群，充满了
星星和尘埃

发　生

可能是一些词相撞

产生了带着电荷的新词

在你的脑海嗡嗡作响

可能是树叶散发的光

在某个时刻更绿

且混入了花们燃烧的灵魂

可能是一个地方恰好空了

可以重新容纳

或者，它认出了自己的主人

可能是午后的一阵鸟鸣

过于空幽，像从走廊的尽头传来

那走廊就像长且短的人生

可能是厌倦、疲惫的灰色之后

一阵明亮自由的雨

将天和地耐心地重新缝合

可能是露珠在草叶上

清澈而短暂的存在

可能是一支烟袅袅上升的姿态

世界悬而未决，但也无关紧要

让你想到那些未曾走的路

可能是一个误会连着另一个

而它们恰好互相抵消

可能是偶然

可能是以偶然为名的必然

可能它们命名的是同一个事物

可能你需要对它重新命名

玛丽·奥利弗

她到海边去

她要使自己贫穷

这样，她才能更富有

她寻找那些海水留下的

贝类，作为早餐的补给

对此她并无羞愧

她要看清大海

变幻莫测的面孔，和波涛

起落的无穷

从岸边灰白的岩石

她提取火焰，煅烧

出一个个新词

她的狂喜是一群野雁

春夜乘着气流返回

听见它们在星光中

世界悬而未决，但也无关紧要

194

拍打着羽翼，心

和它们一起在万米

苍穹的寒冷中，奋力搏动

辑五

要抵制沉默的诱惑

种 子 醒 着

蜜蜂从花朵中
采蜜
人从万物中
提取语言

只要还有花朵
蜜就永不腐坏

种子醒着
在黑暗中

我想在一个

有小鸟的早晨

醒来

我想在一个

有小鸟的早晨醒来

它们欢快的叫声

啄开梦的薄壳

光呼啦充满，我醒了

看见整个世界

树木静立，小狗奔跑

而不是醒来

在一片灰白如谎言的寂静中

这让我怀疑——

还在深深的梦里

我看见的太阳不是太阳

而是太阳的影子

世界悬而未决，但也无关紧要

但愿五月

今天早晨

墙角的山楂树

开花了

明亮

洁白的

花簇

在闪烁的

绿的

枝叶间

总是这样

天真

去年、今年

这里、别处

难熬的四月

快过完了

但愿五月

是

洁白的

五月不是
静默的月份

五月不是静默
的月份
是语言与语言
朋友与朋友
人与人分道扬镳
的月份

是人们重新
认识雨，认识火
认识胡萝卜和牛奶
栅栏和铁
坚固和乌有
的月份

是必须从事物中
再次提炼词语
存放最小的
灵魂之舞的月份

世界悬而未决，但也无关紧要

202

是放下肉身在一座

不由分说的熔炉

成为残骸或蓝色火焰

的月份

五月不是静默

的月份

是闪电熄灭于

黑暗之海

发出嘶嘶声

的月份

203

一个被毁掉的词

让树停下来
让鸟的歌声消失
于喉咙
——静默

一个被滥用而
毁掉的词
如雪地上的污迹
难以擦除

从此说出它
令人无地自容

只有融化
只有回到空中
只有在自由中
再诞生一次

耐　心

春天，林中墓地

二月兰紫雾般弥漫

泥土湿润的气息

露水与月亮

——过于浪漫的

对死亡的想象

让我在四月

对活着

保持耐心

无论怎样

还有美与庄严

不可剥夺

在林中

回　声

隆隆的雷声

滚落下来

在各自的屋顶下

我们仔细

听着

我们这些

懦弱的

失去希望的

在谎言中

静默

度日的

人

这久违的雷声

竟让人感到

一丝虚妄的

安慰

好像那些

深夜绝望的

哭喊和哀号

终于有了

回声

回到一个简单
的事实

今晚让我们把月亮的存在

还给月亮自己

不要被它的光迷惑

不要借着它的眼幻想

无限河山

梦魇中的人们

抬头看看那些冷寂的

环形山吧

用伽利略的望远镜

看看那上面的石头

想一想：宇宙之力

如何托举它在黑暗中漂浮

稳定、匀速

穿过了所有人类

存在的时间

战争与和平，短暂的清明

与反复的癫狂

没有一位皇帝可以命令它

没有任何一场战争

使它失色

今晚让我们

借着这颗巨石的光亮

重新思量自身

这粒尘埃的重量

回到一个人站在大地上

这个简单的事实

谎　言

谎言有一张浮肿的脸。
谎言是无所不在的
灰白的雾。

在雾中，最好什么也不做。
或者只是等待。
看它如何弥漫，充满，占领
每一片草叶。而后退散
像没有来过。

谎言必然退却，因为它们繁殖
却也彼此吞噬。

有一天，希望我们能说
一场持续很久的大雾消退了。
我们在雾中学会了辨认
真正重要的事物，
学会了一种新的生活。

世界悬而未决，但也无关紧要

希望我们可以这样说。

并把那些谎言刻在石头上。

雾会不会布满大地，并且永远？

不会。布满大地的是

青草、露珠和石头。

深夜制造深渊的人

深夜制造深渊的男人
是如何工作的？

是的，他不吃不喝
所以大地不必再生产粮食

你们只是一些影子
而你们的所需都从他的头脑中来

他日夜不停
雄心折磨着他，恐惧

在他心里挖坑，越挖越深
他就是这样工作的

坐在他的椅子上，牢牢地
坐在他的椅子上

世界悬而未决，但也无关紧要

你赞美的事物
消失了吗

你赞美的事物消失了吗
巴赫先生
今天立水桥太阳黯淡
在你的乐曲中
我听见树叶飞动的乐音
开过的玫瑰收在
上帝的金色词典中

我在想，如果你
走过这座车流湍急的桥
会写下什么样的乐句
你会赞美一只鸟
在灰空划过的弧线吗？
我们是否建造得太多
以致像一种掠夺？

这个冬天

以麻雀为师

我决心不管

三七二十一

好好生活——

像麻雀专注于

食物的碎屑

车轮刚刚滚过

便又飞回到

马路中央

要抵制沉默的诱惑

当你感到所有的词已被击穿
要抵制住沉默的诱惑
就像奥德修斯的水手
在甲板上苦苦抵制
塞壬的歌声

因为沉默使我们身陷
黑暗的无名之洋
成为一座又聋又哑
的孤岛
请记住，沉默即不存在

你的消失
就是世界正在消失

疲 惫

　　　　　眼泪袭来
　　　　　却不知道为什么

　　　　　那么，一定是世上某处
　　　　　正发生悲哀的事

　　　　　一束悲哀的电子
　　　　　穿过了我

　　　　　像墨水洇透上一页
　　　　　落在了这一页

未　来

今晚在初发新叶的白蜡树下

在盛开的玉兰、紫叶李、榆叶梅、碧桃

和未知芳名的花树下

把最坏的未来想了一遍

我 祈 祷 春 天
不 要 降 临

我祈祷春天不要降临,
如果战争还没有结束。

如果战争还没有结束
而春天来了,
那些逃离家园的人
会更加心碎。

如果炮火已停息,
哪怕向日葵开在
被摧毁的城市的废墟上
那些不幸的人也可以
叹息着说:
战争终于过去,
春天终于来了。

那花朵将是对勇气的纪念,
一种安慰,一个启示。
就像古老的神话
所许诺的。

但如果，春天来了
而战争还在继续，
一些人正在杀人
而一些人正被杀死，
人类的春天将失去意义。

只有野花离

他们最近

花朵怜悯死者
战场上的野花怜悯
年轻的死者。

他倒在草丛里。
他飞上了天。
另一个他的一条腿
一瞬间离开了他。
此时他需要足够多的幸运，
才能拥有只有一条腿的
后半生。

但是，下一秒里
藏着死神。
那么，是谁把地雷埋到
他命定的下一秒中？

诅咒吧，如果祈祷管用。

世界悬而未决，但也无关紧要

无人机盘旋，目睹这些
草率的死亡和绝望的挣扎。

无人机天空般冷漠的眼
目睹他们过于草率的死亡
和绝望的挣扎。

只有野花离他们最近。

不　安

我关心世界

这样说，令我

羞惭

我只是走着

与风暴擦肩而过

沉默，以免

泄露我的

侥幸

一只啄木鸟

藏在林中某处

笃笃笃

敲在

悬着的心上

何时？何时？

世界悬而未决，但也无关紧要

童　　话

　　　　　　　　　恶魔的名字
　　　　　　　　　是万万不能说出口的

　　　　　　　　　要是你胆敢说出来
　　　　　　　　　会发现它

　　　　　　　　　只是空气的
　　　　　　　　　一阵波动

后 记

距离我第一本诗集的出版已经过去了三年多。那时是 2021 年的 4 月，去坐地铁还要严严实实地戴着口罩。后来口罩又戴了差不多两年。当时觉得肯定终身难忘，很快便发现并非如此。生活这条巨型的河流很快便将不利于它的一切荡平，不由分说地裹挟着人们继续向前了。

去年此时，路边国槐盛开的时候，我从树下走过，地上铺满了米黄的落花，想起来上一个夏天我们还在这条路上冒着暑热排长长的队，等候那根小小的魔棒从窗口伸出来，真有恍如隔世之感。如今又到了国槐的落花铺满街道的时节，记忆自然又浅淡了一重。尽管如此，我还是能感受到一种徘徊不去却无法命名的事物。不是哀伤，不是愤怒，也不是惆怅。

大约这样的徘徊不去和无以名状，也是心灵存在的一种明证。当下似乎一切都可以人工智能了，心灵的喜怒哀乐已显得过于原始，有时甚至使人疑心成了妨害进步的累赘。这个在数据时代的浪潮中难以被进化掉的部分，或许就是我们自己吧。我们因之而能叹息，因之而能沉吟，因之而能歌哭。实际上，我们并没有办法真的转过头，就利索地切换到下一个程序。即使非常模糊，即使无法言说，心灵也会感受到一种氛围而改变了自身，这并非物理主义的还原论可以解释。因此我还是相信终究有很多事物彻底改变了。新的落花只是年年相似。

这本集子中大部分的诗都是最近三年中所写，也有一些来自更早些的年代。今天再读它们，感到一种奇怪的陌生，令人难为情，令人胆怯，竟到了不愿意再多看一眼的地步。我想主要是因为自己内心所发生的急剧变化，如同一场心理构造上的板块断裂，而那些文字绝大多数还停留在"断裂"之前的一派天真中。天真没有什么不好，只是它们属于"从前"，也许更应沉埋在个人心灵的地层中。它们的出版果真是必要的吗？归根结底，它们只是对生活一些杂芜的个体记录，一种向澄明之思的半途而废的努力。而且，相比周遭世界所发生的，它们如此微不足道。

然而，我也狡猾地说服了自己。诗从来都是非必要的，诗捕获的真理（作为一种必要的妄想）都只能在刹那和碎片之中。我们不该因今日心之滞重，而否定了它昨日的轻盈。无疑今日之我，比昨日之我又多了一点觉知与领悟，然而总体来说，我们总是无知的。如此说来，诗也许并非结果，而是路途；或者，既是结果，也是路途。我需接受它们的片面和在途中。那些被写下的文字，写下之后便不再属于某个人，犹如树叶飘落——借着一阵风——去到更大的世界中。如果有人恰好读到而心有所动，那是语言自身的力量。我相信语言能使我们越出自己，汇入比自身更大一点儿的存在之中。而另一个更重要一点的理由，是我暗自期待，即使如我这样"微不足道"的书写，也能为那些还在寻找自己声音的人带来信心。发自内心地言说，需要勇气。愿我们从勇气开始。诗并非仅仅是一种欣赏的对象，还是我们要成为的事物。

如果只能从整本诗集中选出一个句子，其余的部分都删掉，我也可以轻易做出选择——整本书中我最想保留的只有一个句子——"要抵制沉默的诱惑"。因为我知道它是对的，因为我写下这个句子之后，自己并没有做到，还因为沉默的诱惑更深更大了，犹如地心引力，犹如黑洞。在昏昏欲睡的日常沉沦中，这个句子偶尔能像闪电一样令我心头一震。醒来的人总是需要自己醒来。我希望自己能叫醒自己。

因为写作时处于不同的状态中，对标点的运用较为灵活。我曾试图把它们按照出版体例进行"统一"和"规范"，但发现这样做会违背我写作时的初衷。那些句末没有标点的地方，是自由的空白，读者可以根据语感自行判断；有标点的地方是一种挽留，逗号请多停留一会儿，句号到此为止。感谢出版者最终允许我做了这样的保留。

最后，还要特别感谢乐府文化的创始人涂涂，和本书的编辑小雨、设计晓晋，谢谢你们对这本小书付出的辛苦和倾注的心意。没有你们的热情与创意也就没有这本书。

巴哑哑

2024 年 7 月 23 日

世界悬而未决，但也无关紧要

图书在版编目（CIP）数据

　　世界悬而未决，但也无关紧要 / 巴哑哑著 . -- 广州：

广东人民出版社, 2025. 1. -- ISBN 978-7-218-18077-9（2025.11 重印）

　　Ⅰ . I227

　　中国国家版本馆 CIP 数据核字第 202463SK70 号

SHIJIE XUAN'ERWEIJUE，DAN YE WUGUAN JINYAO

世界悬而未决，但也无关紧要

巴哑哑　著 　　　　　　　　　　　　　　　　　　　　　☑ 版权所有　翻印必究

出 版 人：肖风华

责任编辑：廖智聪
特约编辑：吴嫦霞
责任校对：李伟为
装帧设计：崔晓晋
责任技编：吴彦斌　赖远军
营销编辑：云　子　杜　彦

出版发行：广东人民出版社
地　　址：广州市越秀区大沙头四马路 10 号（邮政编码：510199）
电　　话：（020）85716809（总编室）
传　　真：（020）83289585
网　　址：http://www.gdpph.com
印　　刷：广东信源文化科技有限公司
开　　本：787mm×1092mm　1/32
印　　张：7.75　字　数：103 千
版　　次：2025 年 1 月第 1 版
印　　次：2025 年 11 月第 2 次印刷
定　　价：58.00 元

如发现印装质量问题，影响阅读，请与出版社（020-85716849）联系调换。
售书热线：020-87716172